ESTE LIBRO CANDLEWICK PERTENECE A:

____

____

____

Bebé va al mercado

Bebé

va al mercado

ilustraciones de

Atinuke ✪ Angela Brooksbank

Bebé va al mercado
con mamá.

El mercado está lleno
de gente.
Bebé es muy curioso.

Bebé es tan curioso
que la señora Ade,
la vendedora de plátanos,
le regala seis plátanos.

Bebé está muy sorprendido.

Bebé se come un plátano...

y pone los otros cinco plátanos
en la canasta.

Mamá no se da cuenta.
Está ocupada
comprando arroz.

El mercado está lleno
de gente.
Bebé tiene mucho calor.

Bebé tiene tanto calor
que el señor Femi,
el vendedor de naranjas,
le regala cinco jugosas naranjas.

Bebé sonríe.

Bebé chupa una naranja...

y pone cuatro naranjas
en la canasta.

Mamá no se da cuenta.
Está ocupada comprando
aceite de palma casero.

El mercado está lleno de gente.
Bebé está muy alegre.

Bebé está tan alegre
que el señor Momo,
el vendedor de galletas,
le regala cuatro galletas
azucaradas chin-chin.

Bebé aplaude.

Bebé se come una
galleta chin-chin...

y pone tres galletas
en la canasta.

Mamá no se da cuenta.
Está ocupada
comprando chiles.

El mercado está lleno
de gente.
Bebé es muy gracioso.

Bebé es tan gracioso
que la señora Kunle,
la vendedora de maíz
dulce, le regala tres
mazorcas asadas.

Bebé está feliz.

Bebé se come una mazorca de maíz dulce asada...

y pone dos mazorcas en la canasta.
Mamá no se da cuenta.
Está ocupada comprando chanclas.

El mercado está lleno de gente.
Bebé es muy travieso
¡y tira de TODA la ropa
que está colgada!

Bebé está tan apenado
que la señora Dele, la vendedora
de coco, le regala dos pedazos de coco.

Bebé se relame los labios.

Bebé se come
un pedazo
de coco…

y pone el otro pedazo
en la canasta.

Mamá no se da cuenta.
La canasta
pesa mucho.

**Pesa
muchísimo.**

Y mamá piensa
que su dulce bebé
debe de tener hambre.

—¡Taxi!

—grita mamá—.
¡Tenemos que irnos
ya a casa!

Mamá baja su canasta.

—¿Qué es esto? —exclama mamá—. ¡Cinco plátanos! ¡Cuatro naranjas! ¡Tres galletas chin-chin! ¡Dos mazorcas de maíz dulce asadas! ¡Un pedazo de coco!

¡Yo NO compré estas cosas!

—¡No, tú no las compraste!

—dicen la señora Ade,
la vendedora de plátanos,

y el señor Femi,
el vendedor de naranjas,

y el señor Momo,
el vendedor de galletas
chin-chin,

y la señora Kunle,
la vendedora de
maíz dulce,

y la señora Dele,
la vendedora de
coco.

—¡Se las regalamos a Bebé!

Mamá mira a Bebé.
Bebé se ríe
y mamá se ríe también.

—¡Qué bebé más bueno!
¡Pusiste todas esas cosas en la
canasta y no te comiste nada!

Mamá se sube al taxi.
Bebé se duerme.
—¡Pobre Bebé!
—dice mamá—.
¡No ha
comido nada!

Este es para Nancy.
A.

Para David, Eva y Fred con amor
A. B.

Second edition in Spanish 2023

Library of Congress Catalog Card Number pending
ISBN 978-0-7636-9570-5 (English hardcover)
ISBN 978-1-5362-0552-7 (English board book)
ISBN 978-1-5362-3401-5 (Spanish paperback)

23 24 25 26 27 28 TLF 10 9 8 7 6 5 4 3 2 1

Printed in Dongguan, Guangdong, China

This book was typeset in Schinn.
The illustrations were done in mixed media.

Candlewick Press
99 Dover Street
Somerville, Massachusetts 02144

www.candlewick.com